Geronimo Stilton

星际太空鼠

亲爱的新船员，
欢迎来到太空鼠的世界！

这是一个在无尽宇宙中穿梭冒险的科幻故事！

亲爱的新船员：

我告诉过你们我是一个科幻小说的狂热爱好者吗？

我一直想写一些发生在另一个时空的冒险故事……

可是，所谓的**平行宇宙**真的存在吗？

就这个问题，我咨询了老鼠岛上最著名的伏特教授，你们知道他是怎么回答我的吗？

他说，根据一些科学家的研究发现，我们所处的宇宙并非唯一，世上还存在着许多不同的宇宙空间，其中有些甚至跟我们的宇宙很相似呢！在这些神秘的宇宙空间中，或许会发生许多超出我们想象的事情。

啊，这个发现真让鼠兴奋！这也启发了我，我多希望能够写一些关于我和我的家鼠在宇宙中探索新世界的科幻故事啊！而且，我想到一个非常炫酷的名称——《星际太空鼠》！

在银河中遨游的我们，一定会让其他鼠肃然起敬！

伏特教授

船员档案

杰罗尼摩·斯蒂顿
（杰尼）

赖皮·斯蒂顿
（小赖）

菲·斯蒂顿

机械人提克斯

本杰明·斯蒂顿和潘朵拉

马克斯·坦克鼠爷爷

银河之最号

太空鼠的宇宙飞船,太空鼠的家,
同时也是太空鼠的避风港!

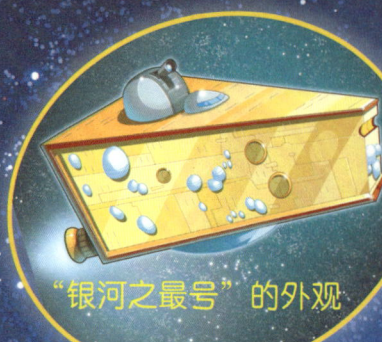

"银河之最号"的外观

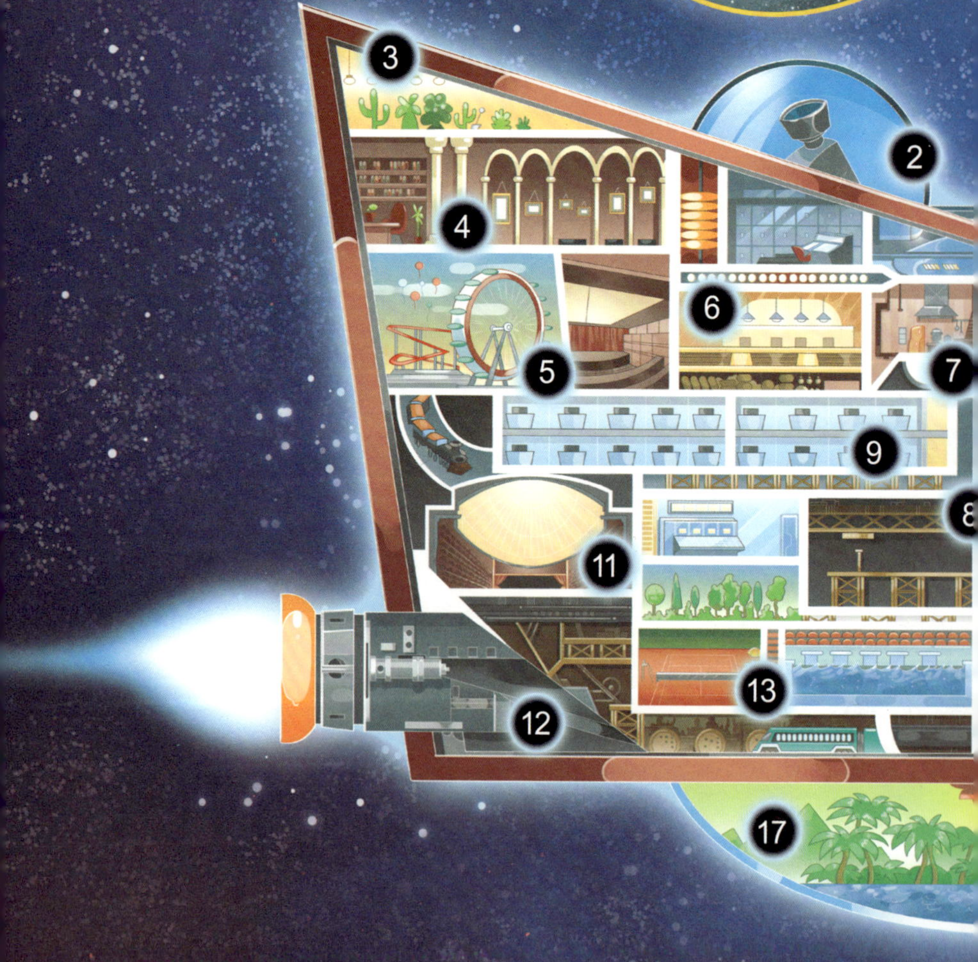

1. 控制室
2. 巨型望远镜
3. 温室花园,里面种着各种植物
4. 图书馆和阅读室
5. 月光动感游乐场
6. 咔嗞大厨的餐厅和酒吧
7. 餐厅厨房
8. 喷气电梯,穿梭于宇宙飞船内各个楼层的移动平台
9. 计算机室
10. 太空舱装备室
11. 太空剧院
12. 星际晶石动力引擎
13. 网球场和游泳池
14. 多功能健身室
15. 探索小艇
16. 储存舱
17. 自然环境生态园

神秘外星生物大集合

这次，轮到我上场了！

 **"银河之最号" 船员守则**

① 保持勇气!

② 信任和团结你的太空鼠伙伴!

③ 聆听坦克鼠爷爷等老太空鼠的忠告!

④ 保护好本杰明这帮小太空鼠!

⑤ 珍爱并保护一切外星生命!

⑥ 智慧永远比暴力管用!

⑦ 时刻保持镇定和冷静!

图书在版编目（CIP）数据

斯蒂顿大战贪吃怪 /（意）杰罗尼摩·斯蒂顿著；顾志翱译. -- 成都：四川少年儿童出版社，2019.10
（星际太空鼠）
ISBN 978-7-5365-9620-7

Ⅰ.①斯… Ⅱ.①杰… ②顾… Ⅲ.①儿童小说－中篇小说－意大利－现代 Ⅳ.①I546.84

中国版本图书馆CIP数据核字(2019)第214001号
四川省版权局著作权合同登记号：图进字21-2019-071

出版人：	常　青
总策划：	高海潮
著　者：	【意】杰罗尼摩·斯蒂顿
译　者：	顾志翱
责任编辑：	程　骥
封面设计：	汪丽华
美术编辑：	汪丽华
责任印制：	王　春　袁学团

SIDIDUN DAZHAN TANCHIGUAI

书　名：	斯蒂顿大战贪吃怪
出　版：	四川少年儿童出版社
地　址：	成都市槐树街2号
网　址：	http://www.sccph.com.cn
网　店：	http://scsnetcbs.tmall.com
经　销：	新华书店
印　刷：	成都兴怡包装装潢有限公司
成品尺寸：	195mm×145mm
开　本：	32
印　张：	4.25
字　数：	85千
版　次：	2020年1月第1版
印　次：	2020年1月第1次印刷
书　号：	ISBN 978-7-5365-9620-7
定　价：	25.00元

Geronimo Stilton names, characters and related indicia are copyright, trademark and exclusive license of Atlantyca S.p.A. All Rights Reserved. The moral right of the author has been asserted.

Text by Geronimo Stilton
Original cover by Flavio Ferron, adopted by Sichuan Children's Publishing House Co., Ltd
Art Director : Iacopo Bruno
Graphic Project: Giovanna Ferraris / theWorldofDOT
Illustrations by Giuseppe Facciotto, Daniele Verzini
Artistic Coordination: Flavio Ferron Artistic Assistance: Tommaso Valsecchi
Graphics: Chiara Cebraro

© 2015, 2016 by Edizioni Piemme S.p.A.
© 2018 Mondadori Libri S.p.A. for PIEMME, Italia
© 2020 for this work in Simplified Chinese language, Sichuan Children's Publishing House Co., Ltd
International Rights ©Atlantyca S.p.A., via Leopardi 8-20123 Milano-Italia-foreignrights@atlantyca.it-www.atlantyca.com
Based on an original idea By Elisabetta Dami
Original title: Stiltonix contro il mostro Slurp
www.geronimostilton.com
Stilton is the name of a famous English cheese. It is a registered trademark of the Stilton Cheese Makers' Association. For more information go to www.stiltoncheese.com
No part of this book may be stored, reproduced or transmitted in any form or by any means, electronic or mechanical, including photocopying, recording, or by any information storage and retrieval system, without written permission from the copyright holder. For information address Atlantyca S.p.A

若发现印装质量问题，请及时向发行部联系调换。
地　址：成都市槐树街2号四川出版大厦六层四川少年儿童出版社发行部
邮　编：610031　　咨询电话：028-86259237　86259232

Geronimo Stilton

星际太空鼠

斯蒂顿大战贪吃怪

【意】杰罗尼摩·斯蒂顿 ○ 著
顾志翱 ○ 译

四川少年儿童出版社

目录

马克斯上将开始行动！	14
探险任务	21
黄色警报！	28
追寻线索！	36
入乡随俗	41
笨蛋之舞	46
似曾相识	52
充满惊喜的……宴会！	57
我可不是一个战士！	64

挠痒痒战术	71
呼……隆隆！	78
可怕的苏醒	83
晃得如同一杯银河奶茶	91
怪物的感情	97
超大功率	104
再加把劲儿，杰罗尼摩！	108
怪物正在接近！	114
觅得伙伴	119

如果我们能够穿越时空……

如果在银河的最深处有这样一艘宇宙飞船，上面住的全部都是太空鼠……

如果这艘宇宙飞船的船长是一个富有冒险精神又有些憨憨的太空鼠……

那么，他的名字一定叫作杰罗尼摩·斯蒂顿！

我们现在要讲述的就是他的冒险故事……

你们准备好了吗？

快来跟着杰罗尼摩一起去星际旅行，穿梭神秘浩瀚的宇宙吧！

马克斯上将开始行动！

整个故事始于"银河之最号"上的一个平静的早晨。

和往常一样，我一边**吹着口哨**，一边走出房间，前往控制室。我急切地希望尽快将自己埋进沙发，然后享用一份奶酪**牛角包**，但是当我一走进去……

啊，对不起，我还没有做自我介绍，我的名字叫斯蒂顿，**杰罗尼摩·斯蒂顿**，大家经常叫我杰尼，我是这艘全宇宙最特别的宇宙飞船——"银河之最号"的船长！

好了，回到刚才的话题，我一走进**控制**

马克斯上将开始行动!

室,就被一个声音镇住了:"快点!你们这帮懒散的太空鼠!"

我的宇宙乳酪啊!

只见坦克鼠爷爷正坐在我的座位上,对着所有船员发号施令。

马克斯上将开始行动！

我**怯怯地**走近说："爷爷，见到您真是太高兴了，有什么我可以帮忙的吗？"

"别说什么高兴不高兴的，小孙子，你觉得你应该在这个时候才到吗？"

我结结巴巴地回答："**但……但……但是**……我们今天并没有特别的行动计划！"

"你这个**懒惰鬼**！要是等你来到才指挥的话，我们的飞船恐怕得一直**绕着**维嘉星转圈了！"

我还没来得及说话，**机械人提克斯**就抢先宣布道："马克斯上将，我们已经找到了星际穿越的**坐标**，一切准备就绪！"

一切准备就绪！

马克斯上将开始行动！

星际穿越？ 我的天王星奶酪呀！单单是听到这个词语就让我害怕得胡须乱颤！

因为如果真要这么做的话，就意味着飞船需要加速至**超光速**，而我的胃一直都没法适应这个过程！于是，我问道："可是……爷爷，为什么我们要进行星际穿越呢？"

坦克鼠爷爷回答说："**抓紧**扶手，不要再发问了，小孙子！在宇宙的尽头，我发现了一颗还没有太空鼠登陆过的小行星，名字叫**奶酪星**，现在我决定要去一探究竟！"

我继续说道："可是跑到**那么远的地方**真的值得吗？毕竟那里可从来没有鼠去过……"

我的话还没说完，爷爷就命令说："全速前进！"

 马克斯上将开始行动！

突然的*加速*令我整个身体抛起向后飞去，手爪在空中挥舞着！我的脑袋重重地撞到了什么东西，一下**晕了过去**。在我失去意识的这段时间里，我做了一个**美梦**……

马克斯上将开始行动!

我梦见自己正在**热带雨林星**的沙滩上散步,在我身边的是我们飞船上的技术工程师,同时也是全宇宙*最有魅力*的太空鼠——*苯利·斯劳脈*。

马克斯上将开始行动!

突然,我感到自己的胡子似乎被谁拉了几下,当我睁开眼睛的时候,吓得脸色如同一块太空奶酪一样苍白!在我面前的并不是茉莉,而是表弟小赖*,他正在使劲地晃动着我的脑袋。

"快起来,杰尼!我们要去奶酪星探险了!那里可是一个非常神奇的地方,你快和我一起去!"

一个神奇的地方?
和他一起去?
为什么?

* 小赖:赖皮的昵称。

探险任务

由于刚才被猛地撞了一下,我现在有些晕头转向,**弄不清**状况,也没听清小赖后半句话到底在说什么,但是有一点我很确定:我对他的提议半点兴趣也没有!

小赖抬起我的爪,将我拉起来。

我**咕哝**着:"不管怎么说,表弟,你能告诉我到底发生了什么事吗?"

他将我**带到**"银河之最号"控制室的主

探险任务

显示屏前,指着上面一颗被迷雾覆盖着的乳白色星球,激动地对我说:"表哥,在你晕过去的那段时间里,我们已经完成了星际穿越,进入了奶酪星的轨道里!"

飞船上的计算机全息程序鼠报告说:"根

星际百科全书

奶酪星

奶酪星因其独特的乳白色外貌而闻名。尽管没有太空鼠上去探索过,但是传闻这颗星球上生长着一种结有野生奶酪的灌木。根据星系信息报告,从为数不多的土壤分析参数可知,奶酪星的星球表面十分柔软。关于奶酪星人,目前只知道他们总是穿着白色的衣服,而且无法忍受衣服上出现任何污渍。

探险任务

据统计，大约有百分之七十三的可能性，这颗星球上生长着一种结有**野生奶酪**的灌木植物，我们得想办法找到这种植物！"

听罢，我这才明白坦克鼠爷爷为什么要组织这次探险。

我还没有想好接下来应该怎样做，表弟突然高声叫喊："快点，杰尼！**远距离瞬间传送装置**已经准备好了！午餐的时候，我们应该就能尝到这颗星球上的野生奶酪了！"

我抗议说："可是这颗星球不是从来都

探险任务

没有太空鼠去过吗？在登陆之前，也许我们应该先**检查**一下！万一那里的大气层里隐藏着有害的**太空孢子**、**宇宙细菌**或是**星际微生物**，我们就会有危险！"

但是，小赖完全不理会我的劝告，**推着**我一直走向远距离瞬间传送装置。

这时，控制室的**门**开了，站在门外的不是别人，正是**兹勒·斯劳妮！**

我的宇宙奶酪呀，她真是一个最有

探险任务

魅力的、最*迷人*的美女鼠！

我不想当着她的面**丢脸**，于是做出一副气定神闲的样子，转向小赖，**语气坚定**地说："表弟，我其实很想和你一起去完成这个探险任务，但很遗憾，作为这艘飞船的**船长**，我还有很多工作要做！"

小赖大声抗议："但是，这种**探险任务**必须至少有两个太空鼠一起参加……我**单独**一个鼠怎么去呢？"

正在此时，发生了一个我意想不到的情况。

茉莉向前走了一步说："小赖，如果你不介意的话，我可以陪你一起去！"

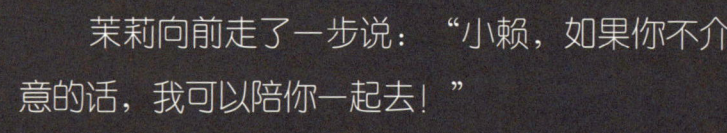我心中的女神竟然要和我的表弟一起去执行探险任务，而且还不带上我！这算怎么回事？一个玩笑？一场噩梦？还是一部恐怖片？

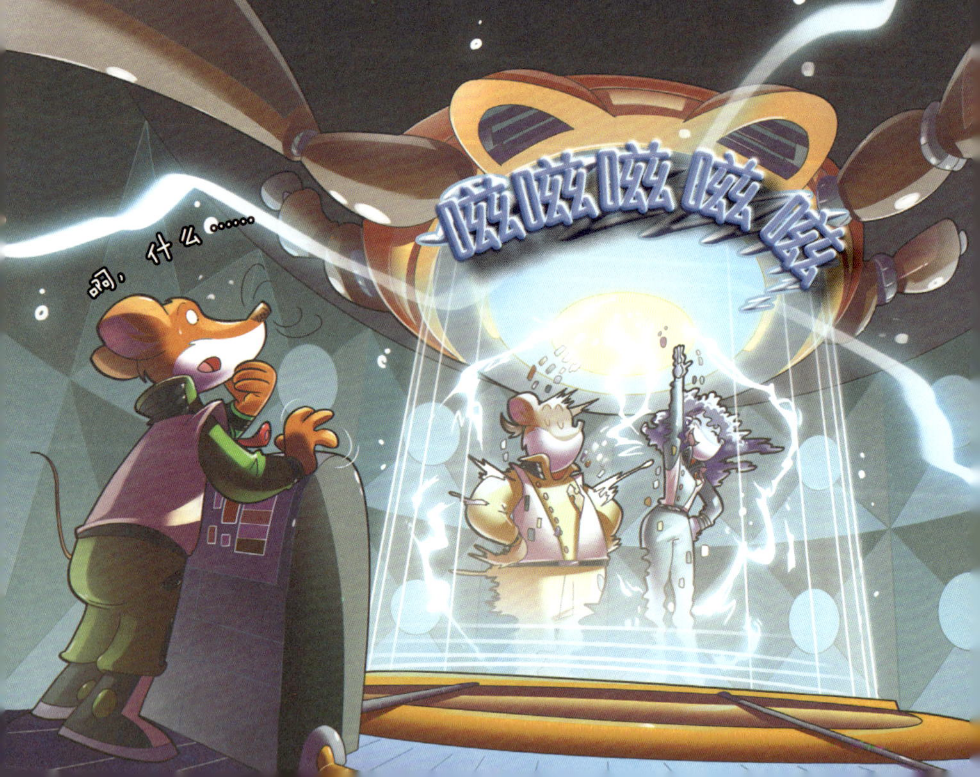

探险任务

我跟在小赖和茉莉身后,不停地唠叨着,试图说服他们认同这是个很**糟糕的主意**,但是他俩似乎都没有听我说话。他们在机器上输入了奶酪星的坐标,然后径直走进传送区域。很快,他们就在我的眼前嗖的一声**消失**了。

转眼间,房间里只剩下我一个鼠。我呆呆地盯着远距离瞬间传送装置,然后**垂头丧气**地走向控制室。

这个早上真是啥事都不顺呀!

黄色警报!

当我来到**控制室**时,心里仍乱糟糟的,脑袋就像被一颗陨石砸过一样:我担心茉莉会把我当成一个**笨蛋**来看待!

然而,事情还没完,坦克鼠爷爷一看到我就**大声问**:"小孙子,你怎么会在这里?难道你现在不应该在**奶酪星**上探险吗?"

我嘀咕着:"可是爷爷,我想在去之前先检查一下那里的空气中是否有**宇宙细菌**,而且……"

我的妹妹菲打断我,说:"我已经等不及去试试我最新的**星际电单车**了!"

黄色警报！

"听到了吗？你这个**胆小鬼**！这才是一个船长应该具备的勇于探索的精神！"爷爷冲着我吼道，然后满意地看了我妹妹一眼。

我顿时**尴尬得满脸通红**。然后，我走

黄色警报！

到本杰明的身边，他正透过**显示器**监视着小赖和茉莉的探索情况。

我的小侄子对我微微一笑说："不用担心，啫喱*叔叔！等赖皮叔叔回来后，我和潘朵拉陪你一起去奶酪星吧！"

我的宇宙奶酪呀，我的侄子是一个多么有爱心的小太空鼠啊！

这时，我通过显示屏看到小赖和茉莉正慢慢进入一个**太空陨石坑**。本杰明突然叫道："看呀！他们找到**野生奶酪**灌木了！"

所有鼠都**好奇地**走过来围在显示屏前观看。我的宇宙奶酪呀！小赖和茉莉正在慢慢靠近一些奇怪的植物，在这些植物的树枝上挂着**多汁**的野生奶酪！

* 啫喱：杰罗尼摩的简短昵称。

黄色警报！

"这真是一个伟大的科学发现呀！"费鲁教授——飞船上的科学家兴奋地说道。正在这时，全息程序鼠突然发出了警报："不明外星生物正在靠近探险队！

黄色警报，
黄色警报，
黄色警报！"

菲立刻启动腕式电话联系表弟："小赖，能听见我说话吗？你们注意保持警惕，有外星生物正在靠近你们！你们可能会有**危险**……"

但是说时迟，那时快。菲的话音刚落，我们就在显示屏上看到小赖和茉莉的脸上同时出现了惊恐的表情。

黄色警报！

小赖结结巴巴地说："**你们想要对我们做什么？我们没有干坏事……救……**"

接着，通信突然中断了，控制室里只剩下一片*寂静*。

不好！小赖和茉莉遇到危险了：也许他们被一些不友好的*外星人*抓走了！

看着眼前的一幕，我吓得整个人都呆了，站在原地一动不动，像一块被*冰封了的陨石*一样。

菲急忙叫道："别再浪费时间了，**他们需要我们的帮助！**"

黄色警报！

我的小行星呀，我的妹妹说的对！

我只得马上**安抚大家**，并且用最快的速度组织了一支救援队。

我、菲和机械人提克斯准备直接登陆奶酪星，而坦克鼠爷爷和费鲁教授则负责留守"**银河之最号**"。

我们刚做好瞬间传送的准备，本杰明跑了过来，说："我和潘朵拉也要一起去！我们已经绘制了这颗小行星的地图，一定能对你们有所帮助！"

我担忧地摇了摇头，说："这可不行！因为这次的任务可能会非常危……"

然而，话音未落，本杰明和潘朵拉就已经跳上了远距离瞬间传送装置的传送台，并跟着我们一起在一瞬间被光速送走了。

黄色警报！

我的宇宙星系呀，真是太可怕了！

我非常讨厌被瞬间传送的过程，但是小赖和茉莉现在有危险，所以……

我愿意尽一切方法去救他们！

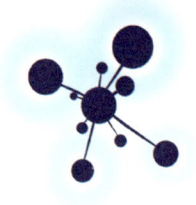

追寻线索!

我们跟茉莉和小赖失去了联系,他们现在在**什么地方**?**谁**把他们吓成那样?外星人**为什么**要抓走他们?

登陆**奶酪星**后,我们几个鼠不停地四下张望,试着**寻找**线索。很快,我们

这些就是野生奶酪灌木!

追寻线索！

注意到附近有一些奇怪的白色植物，树枝上挂着许多**奶酪**。我的小行星呀，这些就是小赖与茉莉之前发现的野生奶酪灌木！我们继续前进，发现这颗行星的地表非常**柔软**，而且有**弹性**。在上面走动时，有种**一蹦一跳**的感觉！

"哇，在这里走路，就像踩在一个巨大的床垫上一样！"潘朵拉兴奋地说。

我可没那么兴奋……因为这一蹦一跳的感觉让我有些**头晕**啊！

走了几步之后，我感到身体有些失去平衡。

"啊！"一声惊叫，我**跌倒**在地，这时我突然注意到前方不远的地方有一些**脚印**。

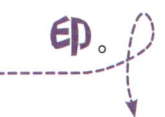

追寻线索!

"做得好，杰尼！"菲说，"这些应该是小赖和茉莉留下的脚印！"

我们走近细看，发现在他俩的脚印周围，还有许多小脚印……似乎是外星人留下的脚印！

我们跟着这些脚印*追踪而去*。

走了一段之后，我们突然发现茉莉和小赖的脚印消失了，而那些小脚印却变得陷入地下**更**

追寻线索!

深……正当我们疑惑之际,附近传来了一阵嘈杂声。

我**咕哝**着:"我的小行星呀,是……他们!"

菲将一根手指抵在自己的嘴唇上说:"**嘘!** 别作声!千万别让他们看见!"

我们躲在暗处,顺着声音传来的方向**望去**,只见小赖和茉莉被**五花大绑**在一根棍子上,正

追寻线索！

被一队身穿白色服装、又圆又胖的外星人抬着走。

这些外星人的眼睛就像天线似的长在头顶上，他们一路抬着他们的俘虏，跳着向前走。

即使隔着一段距离，我们仍能闻到那些外星人的衣服上散发出一种类似洗涤剂的香味儿。

菲低声说："那些应该就是奶酪星人了……我们小心地跟着他们……"

就这样，我们一行鼠悄悄地跟在奶酪星人身后，并注意保持着安全距离。

入乡随俗

在经过了一段又长又累（对我来说是这样）的路途之后，那些外星人终于抵达了他们的城市（我们也紧跟在他们的身后）。

这里的街道和房子都仿佛是用奶酪建造的一样：软软的、圆圆的，四周的建筑全都被漆上了浅色。

我的星际奶酪呀，我们就像是在一个巨大的面团里一样！

那些奶酪星人把小赖和茉莉带到一个巨大的广场上。在广场的中央摆放着一张类似洗衣机的宝座，上面坐着的看上去有点滑稽的奶酪星人似乎是国王。

入乡随俗

与刚才所见的奶酪星人相比,这位国王的服饰明显贵重不少(不过衣服上同样散发出 洗涤剂 的香味儿),他身上套着一件披风,头上戴着一顶大王冠。在他的身旁摆放着一盘野生奶酪。

茉莉和小赖被带到宝座前,所有外星人都一脸好奇地看着两鼠,眼神显得有些害怕。

在见到了我的伙伴们后,奶酪星人的国王下令说:"快给这些外星鼠松绑,然后把他们带过来,我要让他们向奶酪王三世、奶酪星的最高统治者、奶酪星人的国王——也就是我下跪!"

听到这些话之后,小赖叫道:"陛下,我快饿死了!我从来到你们的星球开始,就一直想尝一尝你们这里的野生奶酪,但却被你

入乡随俗

们给捉来了,请问……陛下能够赏赐一些给我吗?"

话音刚落,小赖不等国王回答,就把手爪伸进国王面前的一个盘子里,拿起一块奶酪放进嘴里。

"真好吃!"他嘴里塞得满满地说道,"你们知道吗?如果能够配上一些维嘉星的番茄酱,那味道保证能让你舔胡子!"

说着,他从口袋里掏出一个装有番茄酱的小瓶子,迅速将番茄酱倒在奶酪上,溅得国王身上的披风全是红色斑点。

国王大发雷霆,吼道:"你这个外星鼠竟敢这样对我不敬!卫兵,抓住他,然后把他送到催眠机器那里去!"

听到这番话,本杰明和潘朵拉惊讶地看着

入乡随俗

我，异口同声地小声问："叔叔，什么是**催眠机器**？"

我的银河奶酪呀，这我可真是一点儿也不知道！菲和机械人提克斯也不知道那是什么……

笨蛋之舞

转眼间,在我们还没有弄明白之前,小赖就已经被绑在一台像洗衣机一样的机器上。奶酪星人给他戴上了一对奇怪的耳机,然后按下了一个按钮。

很快,这台机器开始运行起来,并在四周释放出许多香喷喷的泡泡。

"这……他们到底在做什么?"本杰明有些担心地问道。

机械人提克斯安慰我说:"我刚在数据库的《星际百科全书》里找到了有关催眠机器的资料,幸好,这种机器不会令他的身体受到

笨蛋之舞

伤害。"

确实，小赖看上去好像并不痛苦，相反，他**面带微笑**，似乎还有点儿享受！

机械人提克斯解释说："**催眠机器**唯一的功能是……"

星际百科全书

催眠机器

功能

这种机器是利用未知的外星科技制造的，它能够催眠使用者，暂时改变他们的性格，其效果一般在几个小时后自动消失，不会留下创伤或后遗症。

功效

被催眠的对象会在几个小时内不停地做家务，建议用在懒惰鬼或那些从来不做家务的人身上。

笨蛋之舞

话音未落,**机器**已经停止了运行。这时小赖积极地叫起来:"嗨,朋友,我现在特别想**做家务**!你们有没有太空制服需要洗熨的?"

我们一齐望向机械人提克斯,一脸疑惑。他回答说:"就是这个了,正如你们所**看到**的一样,催眠机器唯一的效果就是会让人产生做家务的想法!"

菲在一旁推测说:"我想**奶酪星人**一定非常爱**干净**!"

"没错!"潘朵拉惊呼道,"可能也是出于这个原因,他们全都穿着**浅色**的衣服,而且整颗星球上看上去没有一点儿**污渍**……"

笨蛋之舞

看着小赖拿着熨斗的样子,我们所有鼠都快笑翻了。

直到国王的声音传来,我们才回过神来:"既然这台催眠机器对这个外星鼠的催眠效果那么好,我觉得可以用这台机器让他的同伴也陪他一起洗衣服,四只手爪总比两只手爪好!"

这句话对我来说就像一场陨石雨般可怕!催眠小赖也就算了,他们竟然还打算让我的梦中女神去给他们洗衣服,这实在是太过分了!我忍不住跳出去大声叫道:"嘿!你们这些家伙以为自己是谁?我们是太空鼠,我们来这里是为了和平的!我们只想参观和认识一下你们的星球,不想做你们的用人,明白吗?"

笨蛋之舞

说罢,我一边跑向广场中心,一边大声喊道:

"茉莉,不要害怕,我来救你啦!"

笨蛋之舞

在我快要跑到一半的时候,突然脚下绊了一跤:我的小行星呀,这下可要出丑了!

我急讯地想要保持身体平衡,可身体仍不受控制地以可笑的姿势翻滚到国王宝座前。

真是太丢脸了!

似曾相识

我闭上眼睛,心里做好了即将被大家嘲笑的准备,但是片刻之后,所有的奶酪星人竟爆发出一阵惊叹声。

"**太不可思议了!**"一个奶酪星人说。

"**太灵活了!**"另一个奶酪星人说。

"**就是他!**"国王喊道。

一瞬间,奶酪星人爆发出一阵震天的掌声,最后他们都跪倒在我的面前。

这下可真把我弄糊涂了!

为什么他们会这样崇拜我?

国王下令说:"快去把我那本《星际传

似曾相识

说故事》拿来!"

当他的侍从把书拿来之后,国王对我说:"我们这里流传着一个古老的传说,说是某天会有一位**大英雄**从太空来到我们的星球——他就是**大奶酪**,我和我的子民们必须要热烈欢迎他!"

我咕哝着:"真是个有趣的传说,可是这位'大奶酪'和我有什么关系呢?"

国王翻到书中一页,回答说:"当然和你有关系!你看这里,书里说这位大奶酪不顾生命危险来拯救

似曾相识

他的同伴,然后跳了一段*舞蹈*……"

我看了书上的描述后恍然大悟:**我的月亮奶酪呀**,原来书里所说的大奶酪的舞蹈和我刚才摔下来时的动作非常*相似*!我想我得先解释清楚这个误会,于是说:"嗯……我很抱歉,我想这里也许发生了一些误会,我不是……"

但是一切已经**太迟了**。国王根本不听我说话,立刻宣布道:"大家一起来,让我们和英雄

似曾相识

一起庆祝吧!"

奶酪星人一个个**忙碌**起来,开始准备盛大的宴会。

当然,茉莉和小赖立刻就被释放了,而且我的其他伙伴们也都被奉为**贵宾**。

但是,小赖竟意外地拒绝了邀请。

奶酪星人给他准备了一间**巨大的**洗熨室,当别人问他是否参加宴会时,他回答说:"宴会?我可不感兴趣!谢谢你们,请让我留在这里

似曾相识

！"

显然,催眠机器的功效还没有消失……

充满惊喜的……宴会!

对于我来说,整个宴会都让我感到十分尴尬:奶酪星人为我戴上了一串用野生奶酪做成的项链,然后抬着我,将我如同一个大英雄一样抛向空中!

我不停地重复着:"我可不是你们所说的那个大奶酪,我向你们保证!"

但是,根本没有谁听我说话。

夜色降临之后，大家开始载歌载舞起来。

赖赫明和潘朵拉显得十分开心，特别是当机械人提克斯在教那些奶酪星人跳杂技舞的时候。

而我则没有那么高兴——奶酪星人似乎天生都是舞蹈家，他们看上去能够连续跳上一整晚的舞。

充满惊喜的……宴会!

你们猜猜, 现在整座城市里的居民最想和谁跳舞?那就是和我!

于是,我不得不一刻不停地**一直跳舞**,每当我想要休息一会儿的时候,那些奶酪星人都会**诧异地**看着我说:"哎呀!大奶酪,难道你**不喜欢**这段音乐吗?

充满惊喜的……宴会！

"我们马上换上奶酪踢踏舞的音乐，还是说你更喜欢奶昔摇滚风？"

我受不了啦！

天空中已经露出了光亮，我走到**国王**的身边说："陛下，他们打算什么时候结束宴会？我现在只觉得自己的手爪和脚爪酸软无力，变得像**奶昔**一样了！"

"你尽管去休息好了，大奶酪，明天将会是很繁忙的一天。"

"为什么会很繁忙？"我**担心地**问道。

"因为明天我们将迎来传说的第二部分——大奶酪将要和**贪吃怪**进行决斗，将我们从怪物的魔爪中拯救出来！"国王有些兴奋地说。

什么什么什么？他到底在说些什么？**贪吃怪？决斗？**

充满惊喜的……宴会！

我开始冒出一身冷汗，胡须也因为害怕而**颤抖**起来。

国王对着我微微一笑，说道："在我们星球的另一边住着贪吃怪，它是一个非常**可怕**的怪物，**体形庞大**，浑身上下长满了灰色的**长毛**……"

充满惊喜的……宴会!

"这个怪物大部分时间都躲在**山洞**里睡觉,但是当它醒来之后,就会来我们的城市抢夺我们储藏的**奶酪**,通常这个过程会持续好几个小时,直到它吃饱之后,再次回到山洞里睡觉为止。"

"那我的哥哥应该怎么做呢?"不知什么时候,菲已经来到我们的*身边*,并且听到了整个对话。

"哦……其实很简单,只要去**挑战**它并和它决斗,然后说服它今后再也不来打扰我们就好!"国王回答说。

我的宇宙奶酪呀,这一定是场噩梦!

我可不想和怪物决斗,我不是**大奶酪**,我也不想做大奶酪!

此时此刻,我唯一想到的对策就是:**逃跑!**

充满惊喜的……宴会！

就在我准备溜走时，几个卫兵把我，抓住了我。国王对卫兵们大声说："把他带到一间**最豪华**的房间去！我们等他已经等了足足两百年了，他理应受到我们最高的尊敬……当然，我们也不能让他随便离开！"

我可不是一个战士！

于是，我独自一个鼠住进一间非常豪华的房间，只不过这里的门和窗户都已经被锁上了！

我的胡须由于害怕而剧烈颤抖着，嘴里不断地重复说："我的小行星呀！我该怎么去说服一个怪物，让它不再抢奶酪星人的奶酪呢？我可不是一个战士，我的理想是做一名作家！"

此刻我的心中无比绝望，我可以预见到，在那个可怕的怪物面前，我在一秒之内就会被撕成无数碎片……

突然，我听到窗外传来了一个声音。

"杰尼！我们在这里！"

我一下子跳到窗边,**看见**了菲、茉莉、机械人提克斯、本杰明和潘朵拉!

我**喜极而泣**,高兴地说:"伙伴们,能够见到你们真是**太好了**!你们是怎么找到这里的?"

菲笑着回答说:"很简单,哥哥,我们是跟

着那些带走你的卫兵来的!"

茉莉解释说:"不停地跳了一整晚**舞**,那些奶酪星人全都睡着了,包括那位国王!整个城市里到处都是呼噜声,对我们来说,跟踪那几个卫兵就变得非常**简单**了……"

"不要**害怕**,叔叔,我们想到了一个拯救你的方法!"本杰明补充道。

"**真的吗?** 我就知道你们一定会来救我的!但是,情况可能比你们想象的更**复杂**一些。"

我可不是一个战士！

茉莉有些尴尬地嘀咕着："是的，**船长先生**，要切断这些锁住门和窗的激光栅栏似乎没那么容易……"

我可不是一个战士!

"那你们打算怎么救我出去呢?"我轻声问。

本杰明从口袋里掏出一个像片奶酪一样的**装置**,通过栅栏之间的缝隙递给我,说:"我们已经联系'**银河之最号**'求救了,爷爷把这个存储器传送给了我们,全息程序鼠把**贪吃怪**的所有相

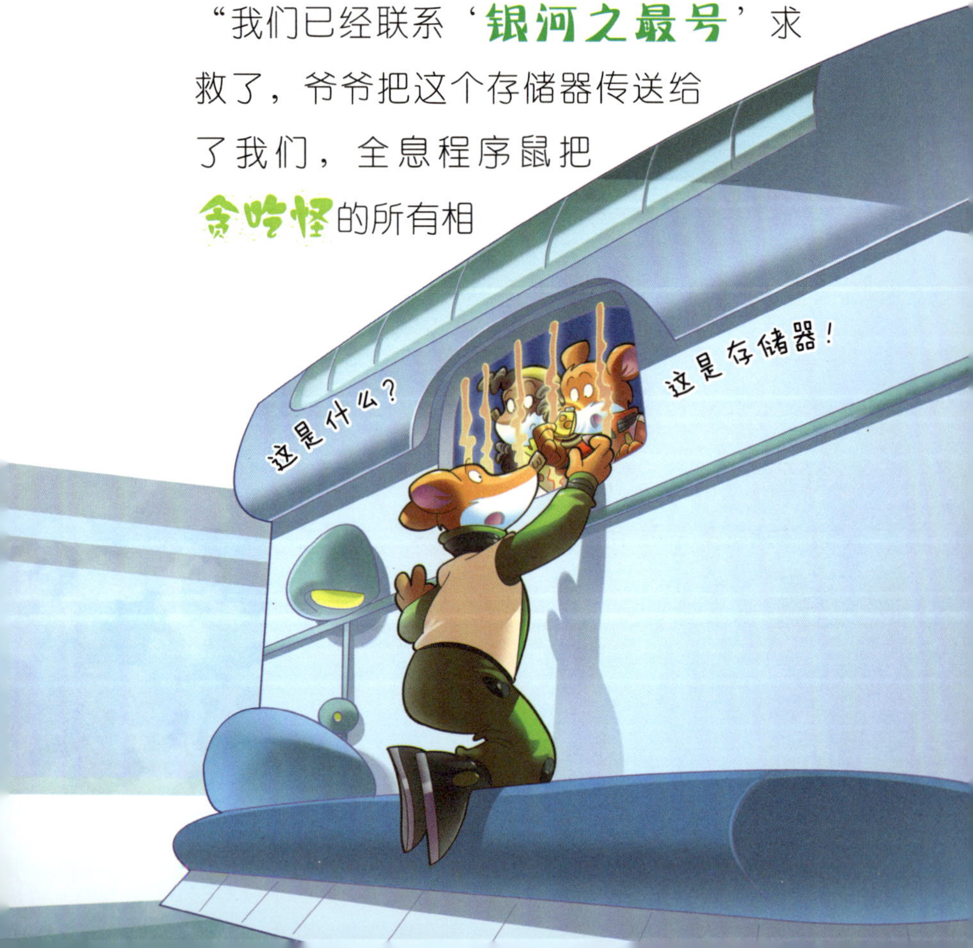

我可不是一个战士！

关信息都储存在里面，只要把这个存储器插进你的腕式电话，你就可以看到里面的内容。"

潘朵拉**解释**说："我们发现这个怪物有一些**弱点**，这些信息在你**挑战**它时一定会非常有帮助。"

我简直无法相信自己的耳朵。

"你们的意思是说，你们唯一能够帮助我的地方，就是给我提供那个贪吃怪的信息，让我想出打败它的方法？我可不是一个**战士**！我为什么要知道那个怪物的弱点啊？！不管怎么说，我一见到它一定会**吓得**站不稳的！"

菲回答说："杰尼，现在你已经别无选择了……你最好还是准备面对最糟糕的情况吧！"

我垂头丧气地**叹了口气**说："好吧，我保证**尽力而为**……"

我可不是一个战士!

说完，我立刻开始为决斗做准备：清晨**即将**到来，给我了解**怪物**的时间已经不多了。

保证尽力而为……

挠痒痒战术

冷静下来后,我把孩子们交给我的存储器**插进**腕式电话里,一瞬间,几束光线直射出来。

很快,这些光线在房间里投射出一个画面,画面中出现了两个我**非常熟悉**的太空鼠。

"费鲁教授?坦克鼠爷爷?你们怎么会在这里?"

只见爷爷**发光**的影像响亮地说道:"我就知

挠痒痒战术

道你会搞错，你这个**笨蛋孙子**！我们并没有在这里！你现在看到的，只是你的腕式电话上**投射**出的全息影像而已，这是目前宇宙中最新的科技！"

我尝试着伸出手爪去触摸他们，却如同穿过**宇宙星云**一样直接从他们的身体中间穿了过

挠痒痒战术

去。我的宇宙奶酪呀，我简直不敢相信自己的眼睛！

我回应说："好吧，爷爷，嗯……我能够为你们做些什么呢？"

"你这个**笨蛋孙子**还能为我们做些什么呢？我们是来给你帮忙的！听说你明天将会和一个怪物对决，我相信你现在一定很害怕，**对吗？**"

"嗯……事实上……"

"**这样可不好！**这次探险任务总算能帮助你成长为一位真正的船长，而不是像现在一样是个**胆小鬼**！现在，我们将告诉你该怎么做，你最好竖起耳朵好好听着！"

这时，从腕式电话里投射出了贪吃怪的全息影像。

挠痒痒战术

然后,费鲁教授向前走了一步**解释**说:"正如你看到的这些画面一样,船长先生,贪吃怪只有一只眼睛,却长有六条手臂。在宇宙中,这种生物是非常**罕见**的,事实上,在每个星系里的数量也只有一两只,尽管它们的外表有些吓人,但其实这种生物是非常脆弱的,因为它们有一个非常大的**弱点**。"

"是什么弱点呢?"我好奇地问道。

"它们非常害怕**挠痒痒**!"费鲁教授回答说。

我的月亮奶酪呀,那些怪物居然会害怕挠痒痒?真是令人难以置信!

教授继续说:"所以,对付这些怪物最好的方法是先假装被它们**抓住**,然后在被吃掉之前用一根羽毛去给它们挠痒痒。

挠痒痒战术

"如果**行动**顺利的话,那个怪物一定会立刻大笑起来,同时松开**抓住**你的手!"

爷爷补充说:"明天,当你面对贪吃怪的时候,菲会发射一根羽毛给你,而剩下的就像跟小朋友玩耍一样简单了,我保证!不过,现在我们得和你道别了——为了投射我们的全息影像,你的腕式电话会**消耗**大量能量!加油,小孙子,像一个真正的**船长**一样去战斗吧!"

爷爷的话音刚落,腕式电话的光线就熄灭了,我不得不重新**独自**思考即将面临的局面。我可不觉得面对一头怪物会像爷爷说的那么**轻松**……

我躺在床上,翻转着身子难以入眠,好不容易睡着之后,也是一直做着**噩梦**。

挠痒痒战术

在梦境中，我被**贪吃怪**那毛茸茸的爪子紧紧抓住，然后被一口吞下……

我的月亮奶酪呀，真是太可怕了！

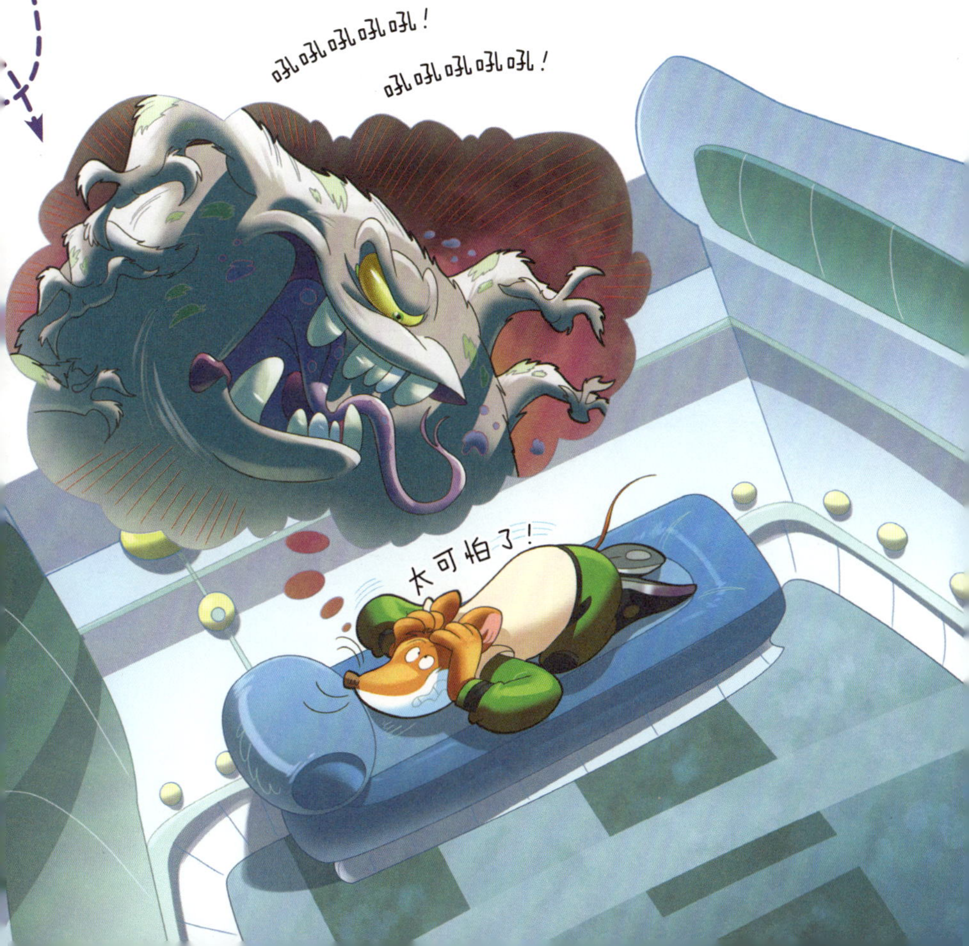

呼……隆隆!

第二天清早,国王带着一队**奶酪星人**亲自前来迎接我。

国王说:"大奶酪,你昨晚睡得好吗?有没有做好**挑战**怪物的准备?"

我打着哈欠回答道:"说实话我**整个晚上**几乎都没有合眼,要不是现在**害怕**到不行,我恐怕会立刻倒头就睡!"

国王大笑着

呼……隆隆！

说："呵呵呵！你不但很**勇敢**，还很幽默！我喜欢你，大奶酪，你很有**英雄**气概！"

我咽了咽唾沫，不再多说什么——反正不管我怎么辩解，他都不会改变主意！

卫兵们带着我坐上一艘小飞艇，国王坐在我的身边，我们就这样**出发**前往怪物所在的地方了。

在飞行的途中，我注意到我的伙伴们乘坐着一艘"银河之最号"的探索小艇，偷偷**跟在**我们后面。即使没能**救出**我，他们也在我的身边守护着我！他们的出现，给了我一丝勇气**（但也只是一丝而已）**。

过了一会儿，透过舷窗，我发现地面突然开始**抖动**起来……

呼……隆隆!

我**害怕地**叫起来:"哦,不会吧!居然会有地震!"

国王**笑着**说:"你在说什么呢,大奶酪!

呼……隆隆!

呼……隆隆!

这可不是地震,你仔细听听——地面的**抖动**是贪吃怪**打呼噜**造成的!"

我的维嘉星奶酪呀,这样看来我的对手的体形一定非常**庞大**!

呼……隆隆！

我想借此机会赌一把运气，便说："既然这个怪物睡得那么熟……嗯……也许我们不应该去打扰它……不然的话，可能真的会惹它生气……"

可是，国王马上坚定地回答说："不用担心！我一会儿会教你一个打败怪物的好办法！"

"一个好办法？真的吗？什么办法？"

国王严肃地回答说："等到时候你就知道了，不用着急！"

我的星际小行星呀，还叫我不要着急……

我现在害怕得快要死掉了！

可怕的苏醒

不一会儿,我们便抵达了贪吃怪藏身睡觉的洞穴,大家都离开了飞艇。

我的木星卫星呀,从近处看这个怪物真是太可怕了!我非常害怕,胡须又开始不由自主地颤抖起来。这时,卫兵们一起走到那个怪物身边,尝试把它摇醒。

但是,他们没有成功。贪吃怪并没有醒过来,只是转身继续睡觉。

国王再次下令,说:"你们试试用一根长棍子撑开它的眼睛!"

但是,这样似乎也不奏效。

可怕的苏醒

贪吃怪打了个哈欠后，呼噜声比刚才更响了。

"也许，我们不应该过于坚持……不如我们先离开这里吧？"我低声建议道。

国王没有理睬我，继续命令说："使用星际扩音器！"

不一会儿，卫兵们拿来一个像喇叭一样的机器，凑到贪吃怪的耳边播放……

嗡嗡嗡嗡嗡嗡嗡嗡嗡嗡嗡嗡嗡嗡嗡嗡嗡嗡嗡

扩音器发出一阵警报一样的声音。这下，贪吃怪终于睁开了眼睛，发出一阵恐怖的咆哮声！

"我的维嘉星奶酪呀,我早就跟你们说过,这样会惹它生气的!"我大叫道。

但是,似乎没有谁在听我说话。

贪吃怪走出了山洞,看上去好像十分不开心……

可怕的苏醒

国王和卫兵们飞快地逃走了,只留下我独自面对贪吃怪。我看着国王离去,大声呼叫道:"国王,等一下!你还没有告诉我打败它的好办法呀!"

国王这才放慢了脚步,说:"啊,对了,我忘记了!根据传说,想要阻止怪物,必须要有人对着它大声喊出这句话——

快滚回你的星球去!你这个怪物,快滚回你的星球去!

大奶酪,现在,请原谅我得告辞了!"

我简直不敢相信自己的耳朵。

"什么什么?所谓的好办法,竟然就是这么愚蠢的一句话?"

这时,国王和那些卫兵们已经跑远,根本不

可怕的苏醒

可能再回应我,他们很快跳上了我们之前乘坐的那艘飞艇,转眼就消失了。

我的宇宙奶酪呀,他们居然就留下我一个鼠在这里!

我该怎么办?

此刻,我**害怕**得脑子里一片空白,身体也由于太过**恐惧**而无法动弹……

我浑身的肌肉似乎已经不听使唤……

完蛋了,这下没命了!

可怕的苏醒

贪吃怪用它巨大的爪子抓住了我，把我**举到**空中。这时我努力回忆着国王传授给我的那句话，然后低声喃喃地说着："快滚回你的星球去！你这个怪物，快滚回你的星球去！"

当然，这句话并没有任何作用。

贪吃怪并没有停下来，而是把我像一块奶酪一样**捏来捏去**！我得赶紧想办法……

不然就真的来不及了！

快滚回你的星球去……

吼吼吼吼！
吼吼吼吼！

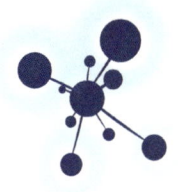

晃得如同一杯银河奶茶

幸好,我的伙伴们一直躲在一座小山丘后面,他们目睹了整个过程,并且没有抛弃我。他们一边跑向我,一边大声呼叫道:"坚持住,杰尼,我们在这里!"

贪吃怪一见到我的伙伴们,便伸出另外五只爪子想要抓住他们。

于是,大家向着不同方向**跳着**逃跑。

与此同时,菲大声叫道:"接住,杰尼,这是给你的!加油,让它见识一下你的厉害!"

菲扔了一根彩色的羽毛给我。

晃得如同一杯银河奶茶

我凌空接住羽毛，紧紧把它握在手爪中。当我正打算展开反击时，我的脑海里突然闪出一个念头——要是这个怪物被**挠痒痒**没有笑，而是把我像一块奶酪一样**压扁了**，那怎么办？

正在这时，我听到了本杰明的呼喊声：

"**救命啊，叔叔！**"

我抬头一看，发现我的小侄子和其他同伴们都已经被怪物抓住了！

当看到我的伙伴们身处危险之中时，我终于**鼓起勇气**，抓紧羽毛，大叫道："放开你的爪子，你这个大胖子，我才是你的对手！"

然后，我开始挥动**羽毛**挠它的手心。在感到很痒后，贪吃怪整个软了下来。

菲注意到了贪吃怪的变化，在一旁叫道："别停下来啊，杰尼！继续这样，你抓中它的**弱**

晃得如同一杯银河奶茶

点了!"

于是,我更加卖力地挥动羽毛,贪吃怪的嘴渐渐**鼓起来**,仿佛是憋着笑一样……

我的宇宙小行星呀,这家伙看上去就像是快要**爆炸**了一样!

我以为自己马上就要成功了,但事情似乎没有那么容易。

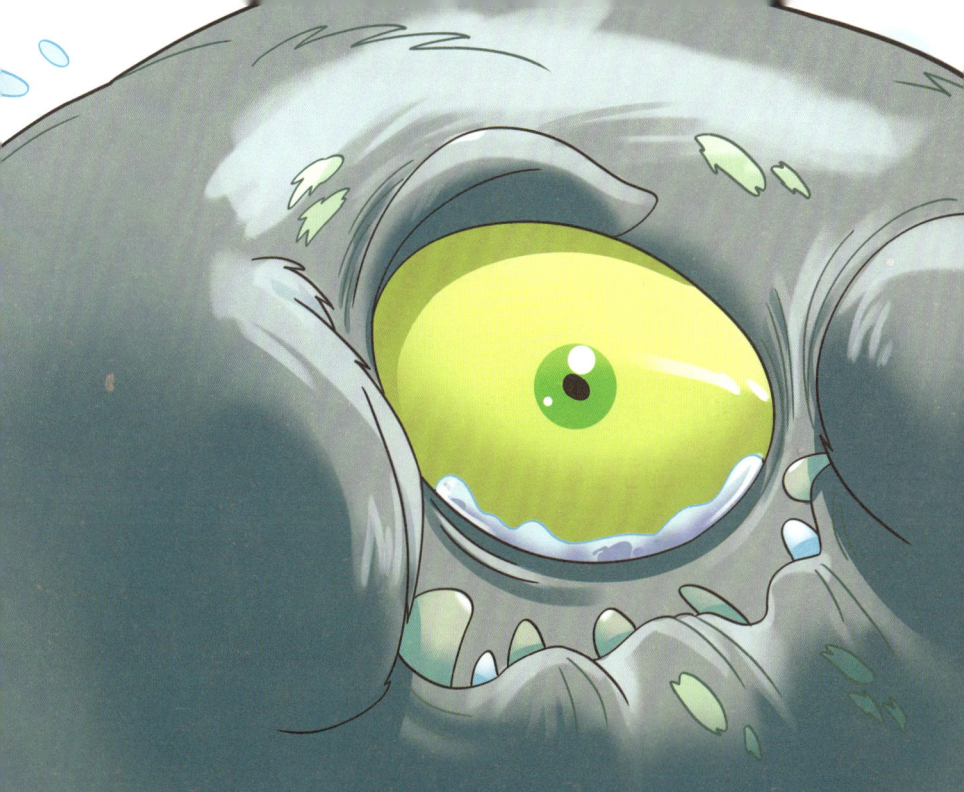

贪吃怪坚持着没有笑出声，同时就像在制作一杯银河奶茶一样，不断地摇晃着我！

正当我想说"这下糟了"的时候，我的手爪一松，那根羽毛在我的眼前掉了下去！天哪，不！

晃得如同一杯银河奶茶

与此同时,贪吃怪将我高高举起,张大了它的血盆大口。请相信我,亲爱的朋友们,我的一生中还从来没有如此害怕过……

现在怎么办?!

吼吼吼吼!
吼吼吼吼!

怪物的感情

我的冥王星火腿呀,看来我只有跟它拼了!

于是,我紧紧**抓住**贪吃怪粗壮的手指,用尽全力大声喊道:"嘿……你想要干什么?你这个大毛球!"

慌乱之中,我无意间触动了腕式电话,在我面前立刻出现了**费鲁教授**之前发送给我的全息影像片段。

这时,让人意想不到的事情发生了——贪吃怪在看到影像画面之后突然深吸了一口气,松开了我和伙伴们!**扑通!**

怪物的感情

我们摔在地上之后又弹了起来,幸好奶酪星的地面既柔软又有弹性,我们才没有受伤。

我们一群鼠吃惊得说不出话来,因为我们根本就没想到能那么容易地逃脱魔爪。

机械人提克斯说:"我一定是电路烧坏了,这个怪物为什么突然松开了我们?"

"我也一点儿都不明白!"我疑惑地看着它回答说。

本杰明和潘朵拉却好像已经明白了其中的原因,他们笑着说:"原因很简单!你们看,这个长毛大怪物……它想念同类了!"

想念?是这样吗?

我回头望向贪吃怪,发现本杰明和潘朵拉说的没错。它的表情和之前完全不一样了:现在

怪物的感情

的它看上去十分**平和**，甚至有些**忧伤**！

茉莉惊呼道："对了，贪吃怪之所以放了我们，是因为它看到了自己的同类……它一定是在这颗星球上感到**太孤单**了，所以才会变成那样！"

这下，我终于明白了：**在贪吃怪可怕的外表下，其实有着一颗温柔忧伤的心！**

我的星际奶酪呀，怎么就没有人想过这一点呢？

于是，尽管仍然有些**胆怯**，我还是鼓起勇气说："你们说的没错！也许，解决麻烦的最好办法是想办法帮助它找到同伴。如果让它感到快乐，我相信它一定不会再去欺负那些**奶酪星人**了。"

本杰明和潘朵拉对视一眼说:"我们有办法了,*跟我们来!*"

很快,我们乘上探索小艇,返回了"**银河之最号**"。

超大功率

一回到"银河之最号"上,本杰明和潘朵拉便立刻飞快**跑去**找飞船上的科学家费鲁教授,我和其他鼠紧紧跟在他们的身后。

"**欢迎回来!** 我能够为你们做些什么呢?"费鲁教授问道。

我刚喘过气来,潘朵拉就说:"我们想要知道能不能修改一下**远距离瞬间传送装置**的参数,让这机器能传送非常非常**庞大**的东西!"

"而且目的地可能距离这里很远很远!"本杰明补充道。

超大功率

"这得看你们到底想传送什么,仔细**说来听听**吧!"

"我们的想法是,既然那个**贪吃怪**感到孤单,如果我们把一些它的同类传送到奶酪星上的话,也许它就会高兴起来,就不会再去抢奶酪星人的**奶酪**了!"我的小侄子解释说。

我的土星乳酪呀,真是一个**绝妙**的主意!

超大功率

"这个想法确实不错,但是我觉得可能不太容易实现。"费鲁教授回答说,"如果要**传送**像贪吃怪那么巨大的生物的话,需要一台**超大功率的设备**,而我们的远距离瞬间传送装置并没有那么大功率。"

听到这个回答,所有鼠都很失望。现在该怎么办呢?

这时,**朱莉**突然叫道:"等一下,我有一个想法!"

所有鼠都好奇地望向她,她继续说道:"也许解决的方法很简单——'银河之最号'的**发动机**功率非常巨大!如果我们对它改造一下的话,就能够将飞船的动力暂时接到远距离瞬间传送装置上,这样一来应该就有足够的**功率**了。"

超大功率

"这个**办法**确实不错!那就别浪费时间了,赶紧开始行动吧!"费鲁教授回答说。

所有鼠都**雀跃**起来,费鲁教授带着工程师们立即开始工作。

与此同时,我们匆匆赶往**控制室**——我们得把散落在宇宙内的贪吃怪的同类找出来!

再加把劲儿,杰罗尼摩!

正当我们满以为眼前的所有障碍都已经被排除的时候,却发现事情并没有那么简单……

我一进入控制室,马上下令说:"全息程序鼠,立刻在全宇宙寻找贪吃怪的同类,把它们的坐标传给我,同时准备传送它们!我们现在有一个紧急任务……"

但是,我话说到一半就再也说不下去了——整间控制室里竟然是一片漆黑,什么都看不见!

此时,在黑暗中亮起了一束光,坦克鼠爷爷拿着一支手电筒照了过来。

"你在这里**傻乎乎**地站着干什么，小孙子？我不知道你们在下面的实验室里干了些什么，但是这里刚才突然停电，*所有的*设备都无法运行了！"

菲回答说："我知道了！一定是因为费鲁教授他们将'银河之最号'上所有的能量全部都**接驳到**传送装置上，所以其他设备都无法正常运行了！但是这样一来，我们该怎样去寻找**贪吃怪**的同伴呢？"

你在这里傻乎乎地站着干什么？

再加把劲儿，杰罗尼摩！

爷爷摇了摇头说："你们还是老样子，每次都要我来出手帮忙！**幸好**，当时在建造'银河之最号'的时候，我让人在飞船上安装了一套老式**动力**系统作为后备，以防在遇到意外时能够使用！"

"那么这套动力系统在哪里呢？"所有鼠异口同声地问道。

爷爷并没有直接回答，而是拉动一根**拉杆**，打开地板上的一扇**舱门**。我的宇宙奶酪呀，我从来都没想过在这里还有一间密室！

令人感到意外的是，爷爷从那里取出了一台**机器**。这台机器看上去像是一部奇怪的单车，后面多出的两个轮子通过**电线**连接着电池。爷爷整理好这台机器，兴奋地说道："这可是个好再加把劲儿,杰罗尼摩!

东西!只要用力踩踏板,它后面的 轮子 就能产生出足够整个控制室使用的电能。我就知道这东西早晚能用上,传统的方法永远都不会过时!"

第一眼看到这台机器,我就发现要用它发电的话,需要消耗大量的体力,于是我有些怯怯地建议说:"可是……爷爷,为什么我们不问一下费鲁教授,看看他能不能给我们留一点儿能量呢?似乎这种方法才更简便……"

"我原本希望奶酪星的任务能够让你成长一些,但是看来我似乎是看错了!要是能够给我们留下点儿能量的话,费鲁早就那么做了。现在唯一的方法就是坐到这机器上用力踩踏板!

"谁愿意自告奋勇来带头?"

再加把劲儿，杰罗尼摩！

"我先来吧！我可喜欢骑单车了！"菲立刻说。

但是，爷爷却拒绝道："我知道你很热心，小孙女，但是我不会让你受累的。这事就交给你那个懒惰鬼哥哥吧！"

"可是……爷爷，我平时都**不怎么锻炼**，**我还没有准备好**，**我不擅长骑这个！**"

再加把劲儿，杰罗尼摩！

但现在说什么都没用了，爷爷命令我坐上座椅，要求我全力踩踏板，还在嘴里呼喊着："**快点儿，你这个懒惰鬼！** 我们需要更多的能量！"

爷爷那**震耳欲聋**的喊声迫使我不得不拼命踩踏板……真是太累了！

没过多久，整个控制室便恢复了供电，所有鼠都爆发出**兴奋的**欢呼声。当然，除了我之外。因为我根本不能分心，**我得全力踩踏板！**

怪物正在接近！

控制室的供电一恢复，全息程序鼠便开始了搜索，仅仅过了几秒钟，他便宣布说："整个宇宙里所有的贪吃怪全部都找到了！"

"很好，快把影像投射到屏幕上。"已经从我这里知道了全部计划的坦克鼠爷爷说道。

全息程序鼠执行了命令，我们很快发现，几乎所有的贪吃怪都和我们见到的那只有着相同的习惯。无论身处哪里，它们总是喜欢去欺负那些体形较小的外星人，并且掠夺他们的食物。

看着屏幕上的景象，菲说："时间紧迫，我

们得赶紧想办法把它们**全都**传送走！"

我提出了疑问："如果它们聚集在一起之后还是这样的话，怎么办？那样的话我们可能会给奶酪星造成更大的**麻烦**！"

本杰明对我说："啫喱叔叔，相信我！我仔细**观察**了贪吃怪的眼睛，我觉得它的本性其实

怪物正在接近！

并不坏，只是非常**孤独**……我相信其他的贪吃怪也是这样！"

我决定相信我的**侄子**，于是，我一边踩着踏板，一边对船员下令说："立刻准备**远距离瞬间传送装置**！我们要把所有找到的贪吃怪全都传送到奶酪星上去。全息程序鼠，请提供坐标！"

"银河之最号"的动力源源不断地流入远距离瞬间传送装置。一瞬间，从我们的飞船上射出数道光线，向着不同的**方向**射去。

很快，我们在屏幕上看到宇宙各处的贪吃怪一个个消失了，只留下那些被它们骚扰的外星人一脸茫然。在确定了这些**怪物**已经离开之后，这些星球上爆发出了兴奋的欢呼声！

怪物正在接近！

菲看着屏幕上的这些画面对我说："干得漂亮，杰尼！你做出了一个正确的决定！"

飞船能源供应已恢复正常，我跳下机器来到屏幕前，想要看清楚所发生的一切。

这时，**机械人提克斯**说："先别急着庆祝，我们得看一看奶酪星上的情况，那些贪吃怪很快就会到达那里……"

我的外星人奶酪呀，机械人提克斯说得对！

觅得伙伴

没过多久,所有的贪吃怪都出现在奶酪星上。

我们也立刻赶往那里——我们要确定事情正朝着正确的方向发展!

当这些贪吃怪重新聚在一起之后,一开始它们显得非常吃惊,但很快,在相互靠近嗅嗅后,它们高兴地拥抱在一起。

我的宇宙奶酪呀,计划成功了!

"好吧,伙伴们,现在我们可以说……任务完成了!"菲叫喊道。

我跑向同伴,紧紧地拥抱他们,如果不是他

们的话，我不可能完成这次**冒险**任务。

我已经做好了返回"**银河之最号**"的准备，并且迫不及待地想要好好休息一下，但是我知道还有一件事情没有完成。

果然，奶酪星人们全都跑向了我，**奶酪王三世**带头跑在最前面，叫道："大奶酪，你和你的伙伴们将我们从**恐惧**中拯救了出来，现在我们想要好好报答你们！"

觅得伙伴

我回答说："嗯，谢谢……说到报答，我现在很饿……你们这里有没有一个牛角包之类的……"

但是国王完全没有听我说话，他转向自己的子民们说："奶酪星人们，我宣布，从今天开始举行三天的庆祝宴会，以此表达我们对英雄的敬意！"

宴会？庆祝宴会？
三天？又来了？
救命啊！

我想要拒绝，但为时已晚。庆祝活动已经开始了！

就这样，我不得不再次被迫跳舞，而且是连续三天……

觅得伙伴

在庆祝宴会进行到一半的时候,那些贪吃怪也加入了进来,现在它们已经成了奶酪星人的**朋友**。不得不说,宴会上这和谐的一幕,带给我一种莫大的满足感。

三天的庆祝活动结束,终于到了该**离开**的时候了,幸福的奶酪星人和贪吃怪们簇拥着把我们送到"银河之最号"的探索小艇旁。

在我们登上小艇的时候,突然听见了一声**叫喊**:"嗨,你们该不会想把我留在这里吧?"说话的正是我的表弟小赖。我的星际小行星呀,我们居然把他给忘了!

催眠机器的功效终于消失了,我的表弟也恢复了正常。在登上探索小艇之后,

觅得伙伴

他说:"真奇怪,我居然**不记得**我为什么会在那间巨大的洗熨房里,而且手里还拿着洗涤剂……我是不是忘记了什么**重要**的事情?"

这让所有鼠都开怀大笑起来。本杰明和潘朵拉将整件事情告诉了他。

当我们回到飞船的**控制室**时,迎接我们的是坦克鼠爷爷那标志性的大嗓门:"快点儿,你们这帮懒惰鬼,该**出发了**!宇宙里还有许多角落等待着我们去探索!还有你,笨蛋孙子,告诉我,这次探险任务中你有没有学到些什么?"

我想了一下,然后回答说:"我明白了**友谊**是宇宙中解决**争端**的最好方法!"

爷爷拍了拍我的肩膀说:"**很好,小孙子!**看来你并不是笨到无可救药!"

觅得伙伴

他的话让我感到信心满满。

还有什么比听到赞赏更让人高兴的呢?

但是很快,爷爷就再次恢复了平日的严厉态度,大声吼道:"好了,我们没有时间可以浪费了,马上起航!将发动机调至最大功率!"

"银河之最号"以最快的速度出发了。新的冒险之旅,在前方等待着我们!

宇宙探险笔记

太空食物档案 I

部分太空食物的信息需要你来补充哦!

野生奶酪

产地:

制作难度: ☆ ☆ ☆ ☆ ☆
稀有程度: ☆ ☆ ☆ ☆ ☆
美味指数: ☆ ☆ ☆ ☆ ☆
美食寻踪:

冥王星树莓

产地: 冥王星

制作难度: ★ ☆ ☆ ☆ ☆
稀有程度: ★ ★ ☆ ☆ ☆
美味指数: ★ ★ ★ ☆ ☆
美食寻踪: 详见《星际舞会魔法夜》

海洋能量花

产地: 水之星

制作难度: ★ ★ ☆ ☆ ☆
稀有程度: ★ ★ ★ ★ ☆
美味指数: ★ ★ ★ ☆ ☆
美食寻踪: 详见《水之星探秘》

欢迎在下面空白处加上你的新发现!

冥王星小白菜

出自: 史维达教授的厨房

制作难度: ★★☆☆☆
稀有程度: ★☆☆☆☆
美味指数: ★★★☆☆
美食寻踪: 详见《智能叛变危机》

各种美味的奶酪

产地: 多个行星

制作难度: ★★★☆☆
稀有程度: ★☆☆☆☆
美味指数: ★★★★☆
美食寻踪: 详见《果冻侵略者》

产地:

制作难度: ☆☆☆☆☆
稀有程度: ☆☆☆☆☆
美味指数: ☆☆☆☆☆
美食寻踪:

产地:

制作难度: ☆☆☆☆☆
稀有程度: ☆☆☆☆☆
美味指数: ☆☆☆☆☆
美食寻踪:

太空鼠船员专属百科

1 看完太空鼠在奶酪星上的探险故事后,让我们一起分享一些关于奶酪的好玩知识吧!

奶酪是一种用牛奶发酵后制成的食品,其味道丰富多样,有些香甜,有些则带有**独特**的臭味。后者的典型代表是法国的蓝纹奶酪,一些人闻到其气味避之唯恐不及,但也有很多人视其为天下难得的美味。每年五月底,在英国的格洛斯特郡,都会举办一场**"滚奶酪大赛"**。比赛时,随着主持人将一块奶酪从山坡上滚下去,众多参赛者沿着陡峭的山坡连滚带爬地向下**追逐**,争抢这块奶酪。这项比赛已有近五百年的悠久历史,每年举办时,都会吸引全球众多参赛者和观众前往参与。

2 奶酪星人对干净的执着，一定给你留下了很深的印象吧！其实，类似于奶酪星人这样对干净偏执的态度，在我们现实生活中的一些人身上也存在哦！

在生活中有这样一些人，他们绝对无法忍受四周环境有一点的脏乱与杂乱，难以接受和陌生人握手，每天要洗手很多次，每次回家后一定要**洗澡**……对这些超出正常卫生要求的行为，心理学上称之为"洁癖"。需要注意的是，爱清洁、讲卫生是很好的生活习惯，但洁癖不仅是不良习惯，而且在严重时还是一种心理疾病，需要通过心理治疗来进行纠正。

一起来发现书中的一些小秘密吧！

新船员，现在轮到你上场了！

1 庆祝宴会上，一个奶酪星人很不好意思地告诉大家，在之前遭遇贪吃怪时，他在惊慌中弄丢了自己的武器！现在，请你帮助他在本书第14章中找回武器吧！

友情提示：武器的模样，可以在本书第12章中看到哦！

2 亲爱的新船员，读完故事后，你还能清楚地回忆起贪吃怪的长相吗？现在，杰尼想要送给一群贪吃怪朋友手套，在他面前一共站着8只贪吃怪，他要准备多少只手套，才能满足他们每只手都戴上手套的需要呢？

友情提示：关于贪吃怪模样的具体说明，可以在本书第10章中找到哦！

3 黄色警报！黄色警报！在奶酪星人和贪吃怪们庆祝宴会的现场，出现了一只危险生物——暴烈飞虫，它长着深色的脑袋、黄色的身体，凡是被它叮咬的生物，都会变得暴跳如雷！现场有很多贪吃怪，一旦有谁被它叮咬，后果不堪设想！请你速速将它找出来！请注意，它就在庆祝宴会的现场！

我是斯蒂顿船长！
菲，快报告在外太空的探索情况！

4. 36件衣服。

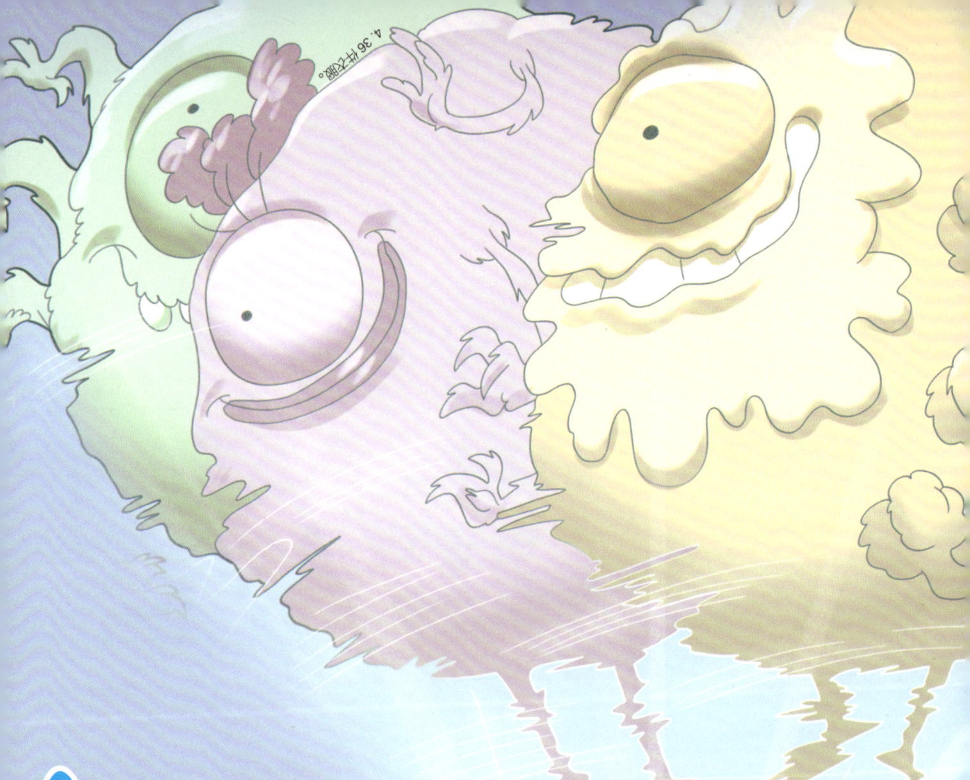

4 真是没想到，一贯好吃懒做的小赖，居然受到催眠机器的影响迷上了洗衣服。现在催眠机器的效果还没过去，又有一堆衣服送到了小赖面前。衣服用 3 种不同大小的箱子装着，大箱子 1 箱装 10 件衣服，中等箱子 1 箱装 6 件衣服，小箱子 1 箱装 2 件衣服。小赖现在收到了 3 个大箱子、2 个中等箱子和 3 个小箱子，但衣服还没洗，有 1 个大箱子、2 个小箱子被奶酪星人要了回去，同时奶酪星人还另外拿走了 3 件衣服，又送来了 5 件新的需要洗的衣服。你能算出来，小赖这次一共需要洗多少件衣服吗？

3. 搪瓷飞虫在 123 页。

答案就在第 132、133 页，请你仔细找找哟。

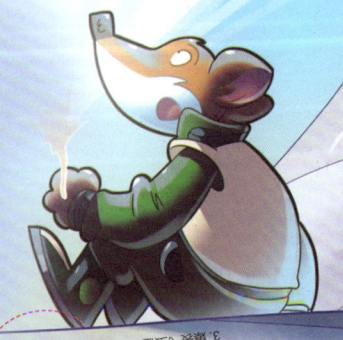

亲爱的新船员,
你们喜欢读星际太空鼠的冒险故事吗?
请大家期待我的下一本新书吧!